KB047356

서로
다른
계절의
여행

서로
다른
계절의
여행

인생의 여행길에서 만난 노시인과 청년화가의 하모니

나태주
×
유라

시화집

B 북폴리오

젊은 벗들에게
감사

시가 가깝게 해야 하는 예술 분야는 단연코 그림과
음악이다. 음악과 친하게 되면 시에 날개가 달릴
것이고 그림과 친하게 되면 시에 깊은 눈이 생길
것이다. 시는 그림으로부터 직관을 배우고 상상을
배운다. 말하자면 꿈을 공유하게 된다. 시에서 말하는
이미지란 것도 실은 언어로 그리는 그림을 말하는
것이다.
이번에 아이돌 스타이면서 화가인 유라 씨와 함께
시화집을 꾸리게 되었다. 나는 아주 많이 늙은
시인인데 이렇게 사랑스럽고 귀여운 젊은 여성 화가와
더불어 시화집을 내게 되어 기쁘면서도 고맙다.
이 시화집을 위해 또 젊고 어여쁜 에디터인 정혜리
씨가 수고를 아끼지 않았다.

비노니, 부디 나의 시가 유라 씨의 그림에 비해 너무 낡고 심드렁하지 않기만을 바랄 뿐이다. 그림에 시가 보태지면 시와 그림은 손을 잡고 멀리 사막이든지 벌판이든지 여행을 떠나기도 하겠지. 수평선 너머 바다를 건너 노을이 되든지 파도가 되든지 무지개가 되든지 그러겠지. 일생의 행운을 준 젊은 벗들에게 감사한다.

2021년 겨울
나태주 씁니다

따뜻하고
영광스럽습니다

시집의 따뜻한 글귀로 알게 된 존경하는 선생님과
시화집을 내게 되어 영광스럽습니다. 또한 제 그림을
시와 함께 책으로도 보여줄 수 있게 되어 감회가
새롭고, 기쁩니다. 시화집을 위해 힘써주신 미래엔
관계자 분들과, 친구이자 아트디렉터인 윤희에게
감사한 마음을 전하고 싶습니다. 앞으로도 배우로,
화가로 항상 열심히 하며 좋은 모습으로 인사드릴 수
있게 노력하겠습니다.

2021.12

유라 올림

spring

2부 ——— 여름이 흐르고

summer

3부 ―――― 가을이 익고

autumn

4부 ── 겨울이 내리다

spring,

1
———
봄이
피
고

거기 그림이 있었다 — 유라, 그림 첫인상

거기 예쁜 아이가 있고
예쁜 아이 노래가 있는 줄 알았는데
거기 오히려 예쁜 그림이 있었다

현실보다도 현실적이고 꿈보다도 꿈 그것인 그림
그렇다면 우리가 조금 더 슬퍼도 좋겠고
조금 더 우리가 외로워해도 좋겠지

기다려보자 절망을 유예해보자
서러운 대로 인생은 아리땁기도 한 것
사랑이 저만큼 떠나가다가 멀어지다가

뒤를 돌아보며 미소 짓고 있지 않느냐
아직은 포기할 때가 아니라고
아직은 노래가 끝나지 않았노라고.

여행·1

.

가방을 들고
차를 타고 가면서
집으로 돌아가고 싶어 하는 내가 있고

집에 돌아와
가방을 정리하면서
떠나온 곳으로 돌아가고 싶어 하는 내가 있다

어떤 것이 진짜 나인가?

봄바다 — 봄 시편 그림

짜당! 지구가
무너지는 소리를 들었지 뭐냐

아니야 새로
생기는 지구의 몸통을 보았지 뭐냐

봄 바다 봄 바다의 비늘
어머니, 어머니, 봄 바다의 지느러미

유리 조각처럼 부서지며 반짝이며
하늘이 하늘 천정이 무너져 내려

그냥 그대로 꽃이 되고 새 이파리 되고
누군가의 비밀 사랑이 되었지 뭐냐.

인생·1

화창한 날씨만 믿고
가벼운 옷차림과 신발로 길을 나섰지요
향기로운 바람 지저귀는 새소리 따라
오솔길을 걸었지요

멀리 갔다가 돌아오는 길
막판에 그만 소낙비를 만났지 뭡니까

하지만 나는 소낙비를 나무라고 싶은
생각이 별로 없어요
날씨 탓을 하며 날씨한테 속았노라
말하고 싶지도 않아요

좋았노라 그마저도 아름다운 하루였노라
말하고 싶어요
소낙비 함께 옷과 신발에 묻어온
숲속의 바람과 새소리

그것도 소중한 나의 하루
나의 인생이었으니까요.

인생·2

여행이란 새로운 곳을
찾아가는 것이라는
아들아이의 말을 듣고
나는 조그만 소리로
중얼거렸다
오래전에 간 곳을
다시 찾는 건
더욱 좋은 여행이라고.

그저 봄

만지지 마세요
바라보기만 하세요
그저 봄입니다.

민들레

아저씨,
시인이 뭐 그러세요?

나도 이렇게
꽃을 피웠잖아요!

봄의 사람

내 인생의 봄은 갔어도
네가 있으니
나는 여전히 봄의 사람

너를 생각하면
가슴속에 새싹이 돋아나
연초록빛 야들야들한 새싹

너를 떠올리면
마음속에 꽃이 피어나
분홍빛 몽골몽골한 꽃송이

네가 사는 세상이 좋아
너를 생각하는 내가 좋아
내가 숨 쉬는 네가 좋아.

꽃밭에서

뽑으려 하니
모두가 잡초였지만

품으려 하니
모두가 꽃이었습니다.

너를 찾는다

너 어디 있느냐?
많은 사람 속에서 너를 찾는다

너 왜 없느냐?
많은 꽃들 속에서 너를 찾는다

어디든 있고
어디든 없는 너!

사람 속에서 꽃이고
꽃 속에서 사람인 너!

너는 오늘 너무 많이 있고
너무 많이 없다.

삶

어딘지 모르고 간다
누군지 모르고 만난다
무슨 일인지 모르고 한다
날마다 날마다
다시 날마다 열심히.

꽃과 별

너에게 꽃 한 송이를 준다
아무런 이유가 없다
내 손에 그것이 있었을 뿐이다

막다른 골목길을 가다가
맨 처음 만난 사람이
바로 너였기 때문이다

밤하늘의 별들을 바라본다
어둔 밤하늘에 별들이 빛나고 있었고
다만 내가 울고 있었을 뿐이다.

청춘 앞에

너는 나의 입술
내가 말하지 않는 것까지 말하고

너는 나의 귀
내가 말하고 싶은 것까지 미리 듣는다

내일 날 나의 가슴이 되어 느끼고
나의 발이 되어 낯선 곳을 찾아라

이런 너 한 사람 지구에 살아
숨 가쁜 지구도 여전히 견딜 만하고

나 또한 너를 따라 지구를 따라
아직은 내일의 소망 끈 놓지 못한다.

봄의 일

꽃을 심는다
네 생각을 심는다

언젠가 네가 이 꽃나무
옆으로 돌아오기를

네가 꽃으로 피어나기를
꿈꾸면서 소망하면서.

귀국

꽃이 피면 꽃 보고 싶고
새가 울면 새소리 듣고 싶고
헤어져 있어도 너
보고 싶어 하는 마음이
먼 나라로 떠나게 하고
또 서둘러 집 찾아
돌아오게도 만든다.

함께 여행

오늘이 이 세상 마지막 날이다
하고
너를 본다

오늘이 이 세상 첫날이다
하고
너를 본다

언제나 너는 이 세상
첫 사람이고
마지막 사람

돌아오는 비행기 안에서
곤하게 잠든 너
훔쳐보기도 했단다.

봄밤

달 없이도
밝은 밤입니다

꽃 없이도
향기로운 밤입니다

그대 없이도
설레는 밤이구요.

휘청

네 앞에서 휘청
나는
피사의 사탑

내 앞에서 휘청
너도
피사의 사탑

우리는 하루 종일
서로한테 반해서
휘청

피사의 사탑
두 개가 휘청
그리고 또 휘청.

풍경

어느 곳에 가든지
공기에게 먼저 인사를 드려야 한다
나 여기 있어도 좋을까요?
머리 조아려 공손히 인사를 드려야 한다

어느 곳에 가든지
나무나 풀들에게 먼저 말을 걸어야 한다
그동안 별고 없으셨나요?
궁금했는데 그쪽도 잘들 계셨는지요?

그리하여 풍경이 우리를 한 가족으로 받아줄 때
비로소 우리는 사람다운 사람이 되고
편안하게 숨도 쉴 수 있게 되는 것이다.

휴머니즘

사람과 나무가 맞섰을 때
나는 나무 편

두 사람이 싸울 때
나는 지는 사람 편

두 마리의 짐승이 싸울 때도
나는 지는 짐승 편

너와 내가 맞섰을 때도
할 수만 있다면
나는 네 편.

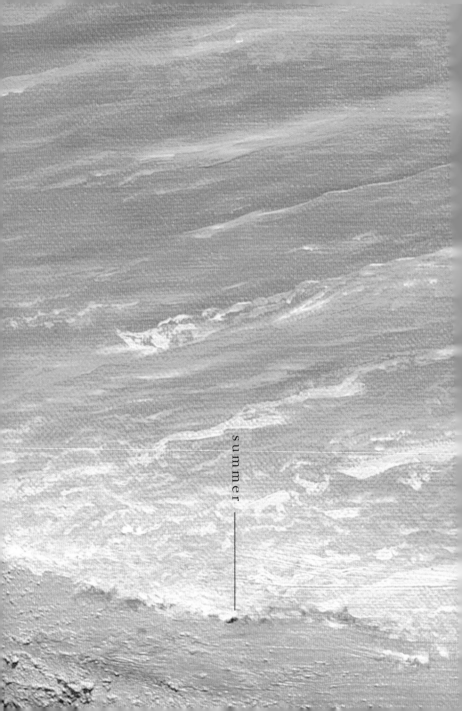

summer

2
—
여
름
이
　
흐
르
고

개망초

예쁘다 말하지 않아도
예쁜 꽃

오라고 청하지 않아도
오는 꽃

7월에
7월이 오는 길목에

대낮에도
새하얀 등불을 들고

저 혼자서도 웃는 꽃
신부 차림 웨딩드레스

네 얼굴이 겹쳐진다
보고 싶다 보고 싶었다고.

바다를 준다

가슴속 깊이 마셔지는
습하고도 후끈한 공기
내가 살아있다는 느낌

코끝에 얹혀지는
조금은 삐딱한 비린내
내가 싱싱하다는 느낌

가끔은 시원한 푸른 바람
나에게도 날개가 있으면
얼마나 좋을까 그런 상상.

멀리까지 보이는 날

숨을 들이쉰다
초록의 들판 끝 미루나무
한 그루가 끌려 들어온다

숨을 더욱 깊이 들이쉰다
미루나무 잎새에 반짝이는
햇빛이 들어오고 사르락 사르락
작은 바다 물결 소리까지
끌려 들어온다

숨을 내어쉰다
뻐꾸기 울음소리
꾀꼬리 울음소리가
쓸려 나아간다

숨을 더욱 멀리 내어쉰다
마을 하나 비 맞아 우거진
봉숭아꽃나무 수풀까지
쓸려 나아가고 조그만 산 하나
우뚝 다가와 선다

산 위에 두둥실 떠 있는
흰 구름, 저 녀석
조금 전까지만 해도 내 몸 안에서
뛰어 놀던 바로 그 숨결이다.

별을 사랑하여

말갛게 푸르게 개인 하늘이었다가
흰 구름이었다가 흐린 날이었다가
천둥번개였다가 깜깜한 밤이었다가

아니, 아니,
호들갑스런 새소리였다가 명랑한 물소리였다가
나비 날개의 하느적임이었다가
바람에 몸을 뒤채는 수풀이었다가

너를 생각하면 나는
오만가지 마음으로 변하고
너를 만나면 다시
오만가지 변덕을 부리곤 한다

허지만, 허지만 말이다

너를 사랑함으로 하여

더욱 내가 순해지고 깊어지고

끝내는 구원받는 그 어떤 사람이고 싶은 것

이것이 나의 마지막 소원이기도 하다.

네 모습 보기만 해도
찌릿하니 아린 가슴

네 목소리 듣기만 해도
화들짝 놀라는 마음

내 마음은 네가 피우는 꽃
네가 빗장 열어주는 하늘

흰 구름 흘러가고
바람 지나가고

온갖 어지러운 생각들
찾아왔다가 떠나가고

내가 언제까지 네 앞에서
이럴라나 모르겠다.

너에게 감사

네 생각만으로도
살아야겠다는
싱그런 결의가 생긴다

네 얼굴
네 목소리
네 이름만 떠올려도
세상은 반짝이는 세상이 되고
아름다운 세상이 된다

풀잎 하나하나
꽃송이 하나하나마다
겹쳐지는 너의 얼굴
떠오르는 너의 목소리

참 이건 아름다운 비밀이고
알 수 없는 요술
그러니 너에게 감사하지
않을 수 없어

날마다 날마다가 아니야
순간순간 감사하지
않을 수 없어.

때로 사랑

풍경이 좋아
그곳에 사는 사람조차 좋았다

사람이 좋아
그 사람 사는 풍경까지 그리웠다

그런 마음을 때로 우리는
사랑이라 이름 짓기도 한다.

여행·2

영종도 인천 비행장
비행기 탄다 하늘길 간다
커다란 가방에 이것저것
일용할 물건 챙겨 가지만
다 소용없다
오직 빈 마음 빈 바구니 하나면 된다
아니다 바구니 가득
예쁘고도 순한 말씀들 모시고 가면 된다
아직은 임자 없고 색깔 없고 이름 없는
아름다운 한국의 말씀들
모시고 가면 된다
비행기 타고 가면서부터
그 말씀들에게 주인을 찾아주고
색깔도 입혀주고
이름도 지어줄 것이다.

성공

나는 지금도 가고 있는 중이야

나는 지금도 두리번거리고 있는 중이야

내가 모르는 곳

내가 모르는 사람들 찾아서

지금도 가고 있는 중이야

다만 아는 건 누군가가 나를

기다리고 있다는 것

그 사람이 좋은 사람이라는 것만 알아

나는 지금도 서 있는 중이야

나는 지금도 다리가 아픈 중이야

그래도 좋아 왜냐면

나는 지금 내가 만나고 싶은 나를

만나러 가는 길이니까 말이야.

어떤 흐린 날

어디 먼 나라에라도
여행 온 것 같아요

방파제 너머 찰싹이는 바닷물이
너의 말을 들었다

그래 그래 지금 우리는 지구라는 별로
여행을 온 거란다

발밑 바람에 흔들리는 개망초꽃이
나의 말에 귀 기울였다

나 떠난 뒤에 너라도 오래 살아
부디 나를 생각해다오

혼자서 중얼거리는 말을
너는 듣지 못했다.

지구와 여행

생애 말기의 별인 지구
인생 말기 인간인 나
아침에 잠에서 깨어나면 서로
인사를 나눈다

아직 별일 없는가?
네 아직은 아무 일 없습니다
그럼 오늘도 떠나보세
그러시지요

지구는 나에게로
여행을 떠나오고
나는 또 하루치기
지구로 여행을 떠난다.

여행길에

당신은 내게서
무슨 말이 듣고 싶은지요?

반갑습니다
고맙습니다

나는 또 당신에게
무슨 말을 하고 싶을까요?

사랑합니다
보고 싶었습니다.

여행·3

구름이
되어보고 싶은 나무

나무가
되어보고 싶은 구름.

낙조

네 눈 속을 들여다보다가
그만 풍덩!
바다에 빠져버리고 말았다
— 붉은 해.

객지의 날이 길고 길겠네
부디 아프면 안 돼
좋은 생각 맑은 생각 많이 하며
잘 다녀와

우리들 세상의 목숨은
어차피 한 번뿐이고
진정한 사랑도 한 번뿐이고
가슴 저미도록 아름다운 여행도
한 번뿐인 거야
지금 그대는 그 여행을 떠나려는 거구

나는 결단코 아지 못하는 땅
가보지 않은 고장
그곳의 구름이 되고
나무가 되고 바람이 되고 싶어 하는
영혼아 푸른 영혼아

아주는 그곳에 머무르지 말고
그곳의 바람과 햇빛과
구름과 나무만 데리고 오기 바래

모르는 곳 그곳으로
그대 떨치고 떠날 수 있는
그대의 조건과 그대
자신에 대해 감사하면서
잘 다녀오기를 빌어

다녀오면 내 그대를
한번 안아줄게
내 키가 비록 그대 키보다
훨씬 작지만 말이야.

이편과 저편

세상을 살다 보면
세상 이편에서
세상을 구경하면서 살 때가 있고
세상 그것이 되어 살 때가 있다

세상을 구경하며 살 때는
건너다보는 세상이 부럽고
세상이 되어 살 때는
세상을 구경하며 살 때가 그립다

그러나 두 가지 세상 모두가
아름다운 것이고 좋은 것이란 것을
우리는 잠시 잊고 살 뿐이다.

한아름

바람을 안았다 하자
나무를 안았다 하자
숲을 안았다 하고
산을 안았다 하고
끝내 구름을 안았다 그러자

아차, 그것이 모두 꿈이었고
눈감은 맹목이었다 그러자

어떠냐? 그렇다 한들
좋았지 않느냐?
너에게도 그것이
사랑이 아니었더냐!

사랑한다면

사람도 꽃으로
다시없는 꽃으로
피어날 때 있다

사람도 하늘로
맑고 푸른 하늘로
번져갈 때 있다

사람도 바다로
탁 트인 바다로
열릴 때 있다

사랑한다면
사랑하는 사람 옆에서
사랑하고만 있다면.

9월에 만나요

봄은 올까요?
추운 겨울을 이기고
우리 마을에도
분명 봄은 찾아올까요?
그렇게 묻던 시절이
있었습니다

이제 다시 우리는
이렇게 묻습니다
가을은 올까요?
우리 마을에도
사나운 여름을 이기고
가을은 분명 찾아올까요?

옵니다 분명
가을은 옵니다
9월은 벌써 가을의 문턱
9월은 치유와 안식의 계절

우리 9월에 만나요
만나서 우리 서로 그동안
힘들었다고 고생했다고
잘 참아줘서 고맙다고
서로의 이마를 쓰다듬어주며
인사를 해요

여름에 핏발 선 눈을 씻고
말갛고 말간 눈빛으로 만나요
그날 그대의 입술이 봉숭아 빛
더욱 붉고 예뻤으면 좋겠습니다.

흰구름

흰 구름아 반갑다
작년 이맘때
헤어진 사람
다시 만난 듯
새하얀 얼굴
새하얀 미소
다시 본 듯 반갑다

흰 구름 보면
누군지도 모르고
그리운 마음
누군지도 모르고
보고픈 마음
올해도 이렇게
여름이 간다

흰 구름 속에

붉은 꽃 백일홍꽃

보라 꽃 봉숭아꽃

어울려 여름이 간다

그리운 사람

그리운 생각도

따라서 간다.

autumn

3
—
가을이
익고

오늘도 그대는 멀리 있다

전화 걸면 날마다
어디 있냐고 무엇 하냐고
누구와 있냐고 또 별일 없냐고
밥은 거르지 않았는지 잠은 설치지 않았는지
묻고 또 묻는다

하기는 아침에 일어나
햇빛이 부신 걸로 보아
밤사이 별일 없긴 없었는가 보다

오늘도 그대는 멀리 있다

이제 지구 전체가 그대 몸이고 맘이다.

가을날

하늘 강물을 건너가는
흰 구름이 발길 멈춰 서서
내게 조용히 물었다

아직도 한 사람이 그렇게도 좋아
연애편지 쓰는 마음으로
시를 쓰면서 견디고 있느냐고

그런 것 같다고 대답해줬더니
사실은 자기도 그런 형편이라고
고개를 끄덕여 주었다.

가을 축제

좋았어요
아주 좋았어요

짧은 가을날
짧은 가을날 사랑

그렇지만 향기는
오래 남았어요

고추잠자리 한 마리
울면서 날아갑니다.

서점에서

서점에 들어가면
나무숲에 들어간 것같이
마음이 편안해진다

어딘가 새소리가 들리고
개울 물소리가 다가오고
흰 구름의 그림자가
어른거리는 것 같다

아닌 게 아니라
서점의 책들은 모두가
숲에서 온 친구들이다

서가 사이를 서성이는 것은
나무와 나무 사이를 서성이는 것
책을 넘기는 것은
나무의 속살을 잠시 들여다보는 것

오늘도 나는
숲속 길을 멀리 걸었고
나무들과 어울려 잘 놀았다.

가을도 깊어

어느새 이렇게 되었나!
마당에 나와 햇볕을 쪼이는 것이
싫지 않은 때

꽃밭 귀퉁이에 앉아본다
키 큰 나무 옆에도 서본다

꽃밭은 가을도 깊어
무너지는 꽃밭이다
나무들도 가을이 깊어
이파리 떨구며 초라한 나무들이다

멀리 있는 네가 더 가깝고
좋다는 생각을 해본다
그러한 내가 조금도
싫지가 않다.

시골역

마음까지
싣고 가지 못하는
기차

그리운 마음
코스모스 꽃으로
남았다.

가을 어법

가을은 우리에게
경어를 권장한다

수고 많으셨습니다
잘 견디셨습니다
먼 길 오느라 힘드셨겠어요
짐까지 무겁게 들고 오셨군요

가을은 우리에게
안쓰러운 마음을 허락한다

그래, 그래, 애썼구나
잘 참아줘서 고마웠단다
이제 좀 쉬어라
쉬어야 다시 또 떠날 수 있지

가을의 햇빛과 바람은
우리에게 용서를 가르치고
화해를 요구한다
낙엽들도 그렇게 한다.

가을과 마주 앉아

읽어야 할 세상의 책들이 볏낟가리만큼 쌓였는데
아무런 책도 한 장 펼쳐보지 못한 채 이렇게
좋은 가을을 흘려보내고만 있습니다

갚아야 할 세상의 빚들이 산더미만큼 높아졌는데
누구한테도 한 푼 갚아볼 엄두도 내지 못하고 이렇게
빈 하늘만 쳐다보며 일생이 저물고 있습니다

가을이시여 이를 어찌하면 좋겠습니까?
오늘 또 세상의 일은 귀먹은 듯 잠잠하고
멀리서 태풍 소식만 요란스럽다 그러합니다

가을이시여 오늘은 당신하고라도 마주 앉아
녹차나 따습게 우려 후루룩 후루룩
소리를 만들어내며 마셔볼까 그러합니다.

구름지도

가을이 깊어지면 산속 다람쥐들은
겨울 양식으로 가을열매나 씨앗들을 주워
땅속에 굴을 파고 모아둔다 그런다
(이미 우리가 아는 이야기다)

마지막 작업을 마치고 나서는
하늘을 우러러 거기 떠있는 구름 한 장을 정하여
먹이가 있는 곳의 위치를 기억해둔다 그런다
이른바 구름지도인 셈이다
(아직 우리가 알지 못하는 이야기다)

그러나 구름은 한 자리에 머물러 있을 수 없어
다람쥐들은 끝내 구름지도를 잃어버리고
먹이가 묻혀있는 곳을 찾지 못하고 만다 그런다
그래서 봄이 되면 엉뚱한 곳에 도토리나무나 단풍나무,
상수리나무 어린 새싹들이 무더기로 생기기도 한다 그런다

다람쥐들의 어리석음의 공로인 셈이다
(더욱 우리가 알지 못하는 이야기다)

또다시 저물어 가는 가을,
나도 다람쥐들처럼 구름지도 한 장
가슴속에 마련해두고 살고 싶다
구름지도를 올려다보는 다람쥐 같은
맑은 눈동자를 꿈꾸며 살아가고 싶다.

이 가을에

아직도 너를 사랑해서
슬프다.

낙엽

나누어주고 싶어요
하나하나씩

내려놓고 싶어요
하나하나씩

내가 좋아한 사람
그도 나를 좋아한 사람

그에게 조금씩
돌려드리고 싶어요.

하늘붕어

몽실몽실 피어오르는 구름
아리잠직 그림 너머의 그림
고마워 고마워

둥글고도 깊고도 맑은
목소리 노랫소리
들려줘서 감사해

빠꼼빠꼼 작고도
붉은 입술 벌려
바람을 마시고 꽃을 마시고
풀과 나무와 산을 마시고

그래 강물 하나까지
들이마시고 두둥실
하늘 위에
하늘 붕어 되어 뜬다

좋다 나도 하늘 위에
하늘 붕어 되어 뜬다
오늘은 너 때문에
내가 너무 가볍다.

가을볕

마알간 찬물에
눈을 씻고 다시 보자

수풀 사이 못 보던 꽃들이
피어났구나

나무들이 더욱 깊어지고
겸손해졌구나

내 앞에서 웃고 있는 너
더욱 붉어지고 예뻐진 입술

나 오늘도 너를
다시금 보았으므로

세상이 더욱 예뻐졌다고
말할 수 있겠네.

행복

아니야 행복은
인생의 끝자락 어디에
숨어 있는 게 아니라
인생 그 자체에 있고
행복을 찾아가는 길
그 길 위에 이미 있다는 걸
너도 알겠지?

가다가 행복을
찾아가다가 언제든 끝이 나도
그 자체로서 행복해져야
그것이 정말로 행복이라는 걸
너도 이미 잘 알겠지?

오늘은 모처럼
맑게 개인 가을 하늘
너를 멀리 나는 또
보고 싶어 한단다.

태풍 소식

멀리멀리 바다에서
태풍이 온다는 소식
끔찍하고도 무섭지만

태풍 속에 묻어오는
너의 숨소리
머언 바다 거친 바다
함께 너의 숨소리

두렵고도 반가워
내가 오늘도 살아서
숨 쉬는 사람인 것 고맙고
너를 사랑하는 것 고마워

비바람 속에서도 꼿꼿이

고개 들고 서 있는

백일홍꽃 붉은 꽃

눈여겨보고 또다시 본단다.

가을 밤비

실타래에서
실을 풀어내듯
내리는 비, 밤비

쉬었다 쉬었다가
생각나면 속삭이듯
내리는 비, 가을비

감나무 잎새에 내려선
굵은 비가 되고
내 가슴에 내려선
쓸쓸한 비가 되오

비로 하여 더욱

깊어지는 밤

밤으로 하여 더욱

가까워지는 빗소리.

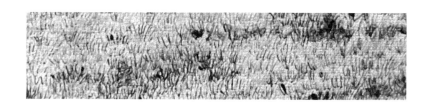

어제의 너 — 할 말이 너무 많아 말을 삼킨다

얼마나 네가 예뻤는지
얼마나 네가 사랑스러웠는지
너는 차마 몰랐을 거다

하늘이 내려다보았겠지
나무들이 훔쳐보고
바람도 곁눈질로 보았겠지

너는 그냥 그대로 가을꽃
맑은 바람에 피어 있는
가을꽃 한 송이였단다.

별

별은 멀다. 별은 작게 보인다. 별은 차갑게 느껴진다. 그렇지만 별은 별이다. 멀리 있고 작게 보이고 차갑게 느껴진다 해서 별이 아닌 건 아니고 또 별이 없는 건 절대로 아니다.

별을 품어야 한다. 눈물 어린 눈으로라도 별을 바라보아야 한다. 남몰래 별을 가슴 속에 품고 살아야 한다. 별이 작게 보이고 별이 차갑게 보이고 별이 멀리 있다 해서 별을 품지 않아서는 정말 안 된다.

누구나 자기의 별을 하나쯤은 마음속에 지니고 사는 것이 진정 아름다운 인생이고 멀리까지 씩씩하게 갈 수 있는 삶이다. 그렇지 않을 때 그 사람은 흘러가는 삶을 살 수밖에 없다. 남을 따라서 흉내 내는 삶을 살 수밖에 없다.

아들아, 네 삶의 일생일대 실수는 어려서부터 네가 너의 별을 갖지 않은 것! 어쩌면 좋으냐. 내가 너에게 너의 별을 갖도록 안내해 주지 못한 것부터가 잘못이었구나. 후회막급이다.

가을 기다림

보고 싶어도 참아야지
어쩔 수 없어
네가 올 때까지 참아야지
네가 소식 줄 때까지 참아야지

생각 속에서만 너를 만나야지
전화 줄 때까지 참아야지
그러면서 나는 조금씩 너에게로 간다
조금씩 네가 되기도 한다

꽃을 보면서 너를 만난다
나무를 보면서도 너를 만나고
바람 속에서도 너를 느낀다

아, 좋다 이 바람!
네가 보내 준 것인가
바람 속에서 바다 냄새가 난다
바람 속에는 꽃의 향기가 숨었다.

자서전

여행지에서의 부질없는 사랑
하루하루 뜬구름

대책 없는 두근거림과
막막한 그리움

술 취한 듯 한세상 비틀거리며 살아
어린아이처럼 울먹이면서 살아

후회는 없었다.

winter ———

4
——
겨
울
이

내
리
다

1월의 햇빛

1월이라도 초순
며칠 눈이 내리고 개인 날
오후에 비치는 햇빛은
서럽기도 하고 애닯기도 하고
눈부시기도 하여라

하루를 잘 살고 죽는 목숨
소나무의 산에도 비치고
내 집 작은 쪽창에도 비치고
내 흐린 눈썹에도 비치는
조그만 축복이여 안식이여

이 햇빛 속에는 1년을 잘 버텨낼
끈기와 용기와 인내가
담겨 있으리니
어딘가 눈과 얼음 밑에서
일어서는 여리고도 사랑스런 초록빛
새싹이 숨 쉬고 있으리니

다만 고맙고 고마우셔라
조금만 더 참고 견뎌라.

촉감

발뒤꿈치 꺼끌거리니
올해도 가을 지나
겨울이 왔나 보다.

여행·4

얘기해드리고 싶어요
나 먼 데 갔다 왔거든요

새로운 것도 많이 보고
잃어버린 나를
찾아오기도 했거든요.

좋은 사람 하나면

일생을 돌이켜 보면 몇 사람
참으로 정답고 아름다운 이름
내게 있었네
그 가운데서도 첫 번째 이름은
그대

그대 이름 가슴에
품고 살던 날들이 따스하고
가득하고 정답고 좋았네
꿈결 같았네

그대 이름 하나 생각하면
차가운 겨울날인데도
가슴이 저절로 따뜻해지네
문득 꽃이라도 피어난 듯
설레네

좋은 사람 하나면

겨울도 봄이란 말이

결코 허언이 아니네

오래 거기 평안하소서

그대 위해, 또 나를 위해서.

겨울 차창

너의 생각 가슴에 안으면
겨울도 봄이다
웃고 있는 너를 생각하면
겨울도 꽃이 핀다

어쩌면 좋으냐
이러한 거짓말
이러한 거짓말이 아직도
나에게 유효하고
좋기만 한 것

지금은 이른 아침
청주 가는 길
차창 가에 자욱한 겨울 안개
안개 뒤에 옷 벗은
겨울나무들

왜 오늘따라 겨울안개와

겨울나무가 저토록 정답고

가슴 가까이 다가오는 것이냐.

만년설

눈앞에서 웃고 있는
네 눈에 눈이 멀어서
멀리 산 위에 있는 눈
보지 못하네.

다시 만날 때까지

미쳤지
금방 만나고 헤어졌는데도
자꾸만 돌아다 보이는 마음
헤어진 자리로 돌아가고 싶은 마음
그래도 정신 차리고 잘 돌아가야지
보고 싶은 마음 잘 데리고
돌아가야지
그래야 다음에 또 만나지.

여가

돈 봉투는 꺼내볼수록
얇아지지만
시간의 봉투는 꺼내볼수록
더욱 두터워진다.

겨울에도 꽃 핀다

온다 온다 하면서도
못 온다
간다 간다 하면서도
못 간다

그래도 좋아
너는 여전히
내 마음속에 와서 살고
나도 여전히
네 마음속에 가서
살고 있을 테니까

이제 또다시 겨울
그래도 나는
꽃을 피운다
네 생각으로 순간순간
꽃을 피운다

너도 부디 꽃을 피워라
세상에는 없는 꽃
아무도 모르는 꽃
아직은 이름도 없는 꽃.

여행 · 5

떠나온 곳으로 다시는
돌아갈 수 없다는 걸 알기까지는
많은 시간이 필요했다.

미완의 이별 — 엘에이를 떠나며

새로 피어나기 시작하는
꽃을 두고 가다니
아깝다

점점 좋아지기 시작하는
사람들 두고 떠나다니
안타깝다

사람의 일이란 언제나 부질없고
아무리 좋은 일이라도
끝 날은 오게 마련

눈 녹은 물을 먹고 피어나는
천사의 꽃들이여
하늘이여 하늘 닿는 나무들이여

새로운 만남을 위해
이별을 짓고
새로운 출발을 위해
여행은 마감되어야 한다

안녕 안녕 떠나면서
손 흔들어 인사를 한다
부디 잘들 있거라.

모래

일으켜 세우려고 애쓰지 마라
본래가 먼지요 바람이었다
네가 그러했고 네가
심히 사랑했던 자가 그러했다

일으켜 세워보았자 인간의 집이고
다리이고 고작해야 돌탑
언젠가는 그것도 무너진다

무너져 먼지가 되고 바람이 되고
그래도 남는 것이 있었다면
그것은 모래
너 자신이요
네가 사랑했던 자의 진신사리

통곡하지 마라

통곡하지 말고 모래 한 줌

쥐어다가 가슴에 안아보라

철철철 넘치도록 안아보아라.

다만 사랑으로

꽃이 피면 길채비하고
바람 불면 언덕을 넘고
봄이 오면 다만 사랑을 하리라

사랑하는 사람은 눈을 감네
입맞춤해달라 그러는 건지
사랑하는 사람은 고개 떨구네

세상엔 아무런 일도
일어나지 않아도 좋으리
다만 사랑으로 세상은 빛을 더하네.

여행자에게

풍경이 너무 맘에 들어도
풍경이 되려고 하지는 말아라

풍경이 되는 순간
그리움을 잃고 사랑을 잃고
그대 자신마저도 잃을 것이다

다만 멀리서 지금처럼
그리워하기만 하라.

바람

나는 몸이 없고 형체도 없어요. 당신 곁에 오래 머물
수도 없고 당신과 함께 살 수도 없어요. 그렇지만 당신
을 사랑해요. 그건 당신도 알 거예요.

나는 손도 없고 발도 없어요. 당신과 정답게 볼을 부빌
수도 없고 당신과 어깨 기대어 마주 설 수도 없어요.
그렇지만 당신을 만질 수는 있어요. 그건 당신도 느낄
거예요.

나의 몸은 다만 자취. 나의 마음은 다만 느낌. 자취
와 느낌만으로 당신을 그리워해요. 당신을 사랑해
요. 그건 앞으로도 오래 그럴 거예요.

잠시 만남

너 만나고
헤어진 게
마치 꿈만 같아

그러나
꿈이 아니어서
다행이지 뭐니

꿈이라면
두 번 다시
같은 꿈
꿀 수 없지만

꿈이 아니기에
다시 만날 수 있고
혼자 오래
생각할 수도 있으니 말야.

추억에게

비행기라도 밤 비행기
비행기 안에서 잠든 너
곤한 눈썹 내리감고
깊이 잠든 너

비행기 의자가 안아주고
비행기 날개가 안아주고
밤하늘의 공기
밤하늘의 별들까지 안아주어
곤하게 잠든 너

어찌 예쁜 그림이 아니었겠니!
그건 아직도 내 마음에
지워지지 않은 채
그대로 남아있는 그림이란다.

원점

오늘은 월요일
새로 일주일
여행을 떠납니다

오늘은 1일
새로 한 달 치
여행을 떠납니다

오늘은 1월 1일
1년짜리 조금은
긴 여행을 떠납니다

언제나 무사히
한 바퀴 돌아
이 자리로 오게 하소서.

여행길

낯선 땅에서 만난
헛된 사랑

부질없이 화사하기만 하던
구름

그러나 그곳에서 당신은
꽃이었습니다

한없이 반짝이는
새소리였으며 햇빛

선하신 당신은
바람이었습니다

다시 나무로 돌아와
그날의 우리를 그리워합니다.

여행의 끝

어둔 밤길 잘 들어갔는지?

걱정은 내 몫이고
사랑은 네 차지

부디 피곤한 밤
잠이나 잘 자기를…….

그림 목록

autumn

winter

서로 다른 계절의 여행

초판 1쇄 발행 2022년 1월 3일 | 초판 2쇄 발행 2022년 1월 28일

시 나태주 | 그림 유라

펴낸이 신광수
CS본부장 강윤구 | 출판개발실장 위귀영 | 출판영업실장 백주현 | 디자인실장 손현지 | 개발기획실장 김효정
단행본개발파트 권병규, 조문채, 정혜리
출판디자인팀 최진아, 당승근 | 저작권 김마이, 이아람
채널영업팀 이용복, 이강원, 김선영, 우광일, 강신구, 이유리, 정재욱, 박세화, 김종민, 이태영, 전지현
출판영업팀 박충열, 민현기, 정재성, 정슬기, 허성배, 정유, 설유상
개발지원파트 홍주희, 이기준, 정은정
CS지원팀 강승훈, 봉대중, 이주연, 이형배, 이은비, 전효정, 이우성

펴낸곳 (주)미래엔 | 등록 1950년 11월 1일(제16-67호)
주소 06532 서울특별시 서초구 신반포로 321
미래엔 고객센터 1800-8890
팩스 (02)541-8249 | 이메일 bookfolio@mirae-n.com
홈페이지 www.mirae-n.com

ISBN 979-11-6841-064-0 03810

북폴리오는 참신한 시각, 독창적인 아이디어를 환영합니다.
기획 취지와 개요, 연락처를 bookfolio@mirae-n.com으로 보내주십시오.
북폴리오와 함께 새로운 문화를 창조할 여러분의 많은 투고를 기다립니다.